Jolie lune

et le secret du vent

Te:
Mary-Hélène Sarno

Illustré par
Ilya Green

À Bianca et à Thuy, évidemment.
M.-H. S.

Père Castor ■ **Flammarion**
© Flammarion 2008 – Imprimé en France
ISBN : 978-2-0812-1192-6 – ISSN : 1768-2061

Jolie-Lune habitait
une maison près de la rizière,
dans un petit village de Chine.
Ce qu'elle préférait par-dessus tout,
c'était observer les oiseaux
et les voir s'envoler très haut dans le ciel.

Un jour, sur le chemin menant chez elle,
elle trouva un oiseau qui s'était blessé.
« Je vais le soigner, se dit-elle.
Il guérira et il m'apprendra tous ses secrets. »

Les jours passaient.

Dès que le soleil s'était levé,
Jolie-Lune travaillait dans la rizière
et repiquait le riz avec ses parents
et les autres paysans.

Dès que le soleil se couchait,
elle s'occupait de son oiseau.

Elle lui donnait les restes des repas de la famille :
des pousses de bambou,
des épluchures de légumes et de fruits.

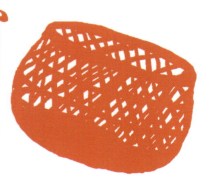

Jolie-Lune lavait les plumes de l'oiseau
avec quelques gouttes d'eau
et beaucoup de douceur.
Elle le caressait en lui murmurant
des mots d'encouragement.

Peu à peu, l'oiseau reprenait des forces.
Il sautillait sur le chemin,
il remuait parfois ses ailes,
mais il ne volait toujours pas !

Cela inquiétait tant Jolie-Lune
qu'elle en perdait le sommeil...

Une nuit, elle quitta son lit
et s'approcha de la fenêtre.
La lune, grosse boule ronde et blanche,
éclairait son ami.
– Oiseau, lui dit-elle, pourquoi ne voles-tu pas ?

À sa grande surprise, il lui répondit :
– Je volerai le jour où tu auras,
toi aussi, apprivoisé le vent.

Jolie-Lune ne savait que penser
de ces paroles mystérieuses.
Elle avait beau réfléchir, elle ne comprenait pas.

Alors, elle décida d'aller voir son grand-père.
C'était l'homme le plus âgé
et le plus sage de tout le village.
Il donnait souvent d'excellents conseils
que chacun s'efforçait de suivre.

Elle le trouva, assis tranquillement devant sa maison :
il regardait brouter un buffle
en lissant sa longue barbe blanche.
Il écouta le récit de sa petite-fille avec attention,
eut un petit sourire et rentra chez lui.

Le grand-père revint bien vite
et déposa entre les mains de Jolie-Lune :
une feuille de papier de riz de couleur rouge,
une longue ficelle
et plusieurs bâtons de bambou.
– Ce sont ces objets qui t'aideront à apprivoiser le vent,
dit-il en souriant à sa petite-fille.
Cherche ce que tu peux en faire et tu trouveras.

Jolie-Lune s'en retourna
et se mit aussitôt à plier,
à couper, à enrouler, à nouer.
Elle essaya tant et tant de possibilités...

Parfois elle était découragée,
mais elle avait tellement confiance en son grand-père
qu'elle recommençait toujours.

Elle finit par fabriquer... une jonque,
une de ces barques de pêcheurs
que l'on voit flotter sur les rivières chinoises.

Jolie-Lune, ravie de sa trouvaille,
courut chez son grand-père, et lui cria :
– Regarde ce bateau !
Est-ce grâce à ses voiles
que je connaîtrai le secret du vent ?

Le vieil homme secoua la tête et répondit :
– Non ! Ce bateau est très beau
mais tu dois encore réfléchir.
Va, je suis certain que tu réussiras.
Cherche et tu trouveras.

De nouveau, Jolie-Lune s'installa devant sa fenêtre.
Elle se mit à tourner et à retourner entre ses mains
les morceaux de bambou, la ficelle et le papier de riz,
tout en admirant son ami aux belles plumes.

Soudain, elle eut une idée...
Ses doigts s'agitèrent très vite et très habilement.
Et elle s'écria :
– Voilà, je crois que j'ai enfin trouvé !!

En entendant ses cris de joie,
son grand-père accourut.

Il découvrit... un cerf-volant, un de ces oiseaux de papier
que l'on voit voler dans le ciel chinois.
– Bravo Jolie-Lune ! lui dit-il.
Suis-moi : je vais te montrer quelque chose.

Il sortit de sa poche une courte flûte en bambou
et l'accrocha au cerf-volant.

Tout en serrant fort la ficelle,
Jolie-Lune vit le vieil homme
lever bien haut l'oiseau de papier
qui monta vers les nuages.

À l'instant même où le cerf-volant s'élevait,
le vent fit chanter la flûte
et une douce musique s'échappa de l'instrument.
L'oiseau se mit alors à battre des ailes
et s'élança à son tour dans le ciel,
comme pour l'accompagner.

Jolie-Lune n'en croyait ni ses oreilles, ni ses yeux.
Elle avait tellement attendu ce moment merveilleux.
« Merci grand-père ! Merci l'oiseau ! »

Depuis ce jour, près de la rizière,
on peut très souvent apercevoir
une petite fille et un oiseau
qui jouent avec un cerf-volant
et le vent qu'ils ont apprivoisé !

Imprimé par Pollina, Luçon, France - L60189 — 03-2012 - Dépôt légal : mai 2008
Éditions Flammarion (n°L.01EJDN000243.C004) 87, quai Panhard-et-Levassor – 75647 Paris Cedex 13
Loi n°49-956 du 16 juillet 1949 sur les publications destinées à la jeunesse